मधु रश्मि

(काव्य संग्रह)

रीता सिंह

साहित्य प्रकाशन संस्था
प्रखर गूँज

दिल्ली-110089, (भारत)

प्रखर गूँज

ISBN : 978-81-940938-7-9

प्रकाशक:
प्रखर गूँज साहित्य प्रकाशन संस्था
एच - 3/2, सेक्टर-18,
रोहिणी, दिल्ली-110089
दूरभाष : 7982710571, 7838505899

पहला संस्करण: 2019

शब्द संयोजन : नीलू सिन्हा

आवरण : दुर्गाप्रसाद

मधु रश्मि

Collection of poetries

By Rita Singh

Published By
PRAKHAR GOONJ PRAKASHAN
Delhi – 110089
E-mail : prakhargoonj@gmail.com, sinha.neelu123@gmail.com
(M) 7982710571, 7838505899

क्रम तालिका

क्रम	विषय	पृष्ठ संख्या
१.	पुलवामा हमला	१३.
२.	नरेंद्र मोदी जी	१४
३.	अबला नहीं नारी हूँ	१५
४.	सबूत	१६
५.	नारी शक्ति	१७
६.	बेटियां बहुत प्यारी होती हैं	१८
७.	अकेला	२०
८.	मोबाइल	२१
९.	कान्हा मेरे ना लो मेरा इम्तहान	२३
१०.	होली एक आस्था	२४
११.	फागुन	२५
१२.	मै भी चौकीदार	२६
१३.	बेटा	२८
१४.	मुलाकात	३०
१५.	राम मंदिर	३१
१६.	प्रिय	३२
१७.	देश भक्ति	३३
१८.	वीर जवान	३४
१९.	हमारा भारत देश	३५
२०.	है घर कहाँ मेरा	३७
२१.	दर्द सा क्यों है	३८

२२.	चुनाव की घड़ी	३९
२३.	आतंकवाद	४०
२४.	आरक्षण	४१
२५.	पत्थर और फौजी	४३
२६.	मस्ती	४५
२७.	वक्त	४७
२८.	कोशिश	४९
२९.	दर्द	५०
३०.	दर्द की दास्तां	५२
३१.	अंकल मुझें ना यूँ रोंदो	५४
३२.	अम्बे माँ	५६
३३.	कन्या पूजा	५८
३४.	माँ दया करना	५९
३५.	माँ	६१
३६.	वो शब्द कहाँ से लाऊं	६३
३७.	करवा चौथ	६४
३८.	दीपावली	६५
३९.	बेबस पुरुष	६६
४०.	ग़ज़ल	६७
४१.	अमर जवान	६८
४२.	नेता	७०
४३.	चुनावों के दिन	७१
४४.	प्यार में	७२
४५.	ना घबरा तू ऐ दिल	७३
४६.	दर्द का आलम	७४

४७. बेचो ना बेटा ७५

४८. काश ये औलाद ७६

४९. चर्चा ऐ मोदी है ७७

५०. शबरी के राम ७९

५१. ये ढलती उम्र ८१

५२. मै पुलिस वाला हूँ ८३.

५३ कोख में ना मारो मुझे ८५

५४. अन्नदाता ८७

५५. रिक्शे वाला ८९

५६. आतंक मिटा दूंगा? ९१

५७. मासूम बचपन ९२

५८. तलाक ९४

५९. कृष्ण राधा ९६

६०. साथ रहना तू सदा ९७

६१. ये वक्त है साहब ९९

६२. पानी बचाओ १०१

भावों के मोती

भावों के रंगों से सुशोभित
कविताओं की एक माला ।
पुलकित हो पढ़ के भावो को
सार्थक हो जाये शब्दों की माला ।।

जैसे इंद्रधनुष के रंग सबके जीवन में रंग भर देते हैं ऐसे ही विभिन्न प्रकार के भावों के रंगों से भरपूर है काव्य संग्रह **'मधु रश्मि'** । ह्दय से निकले एक एक शब्द को मोतियों की माला की तरह पिरोया है जो हर वर्ग के पाठको को पसंद आएगा । बालपन की मासूमियत, माँ की ममता, युवा ह्दय की धड़कन, वृद्धावस्था, राजनीती, प्यार, मस्ती, रूठना मानना, तरह तरह के रंगों से सजी है **'मधु रश्मि'**। **'मधु रश्मि'** को पढ़िए और जीवन के रंगों का आंनद लीजिए । इस पुस्तक को पढ़ कर पाठकों को आनंद मिले तो कविता लिखने का उद्देश्य पूर्ण हो जाये । अगर पुस्तक में कुछ त्रुटि हो तो उसके लिये आपसे क्षमा प्रार्थी हूँ । पुस्तक में दिए गये ई-मेल आईडी पर आपके विचारों और सुझावों का स्वागत है । पढ़ने के बाद अपने सुझावों से जरूर अवगत कराइये ।

रीता सिंह

जिया माँ

समर्पण

किसी
के भी जीवन में सफलता
पाने के लिये माँ का आशीर्वाद और माँ की
कृपा बहुत जरुरी है । माँ के आशीर्वाद के बिना
कभी भी कोई सफल नहीं हो सकता । हमारी परम् पूज्य
जिया माँ का आशीर्वाद हर पल हर क्षण हमारे साथ है । पग
पग पर हमको सँभालने वाली माँ, जीवन में नई ऊर्जा भरने वाली
कोई और नहीं हमारी जिया माँ हैं । अगर उनकी कृपा नहीं होती
तो शायद ये पुस्तक आपके समक्ष नहीं होती ।
'मधु रश्मि' काव्य संग्रह मैं अपनी जिया माँ के चरणों में समर्पित
करती हूँ । उनकी कृपा हम पर सदैव बनी रहे और मैं आपके
लिये कविताओं और कहानियो का संग्रह प्रस्तुत करती
रहूँ ऐसी ही उनसे प्रार्थना है ।

रीता सिंह

पुलवामा हमला

पुलवामा हमला
पुलवामा के हमले का
कर्ज आज चुकाया है ।
भारत के वीरों से
पाकिस्तान आज थर्राया है ।।
भारत के वीर जवानों
तुमको सौ बार नमन है ।
वीरता तुम्हारी देख
दिल खुशी से आज समाया है ।।
भारत के वीर अमर रहें
जयहिंद जयहिंद जयहिंद हो ।
मोदी जी ने सीना आज
छप्पन इंच का दिखाया है ।।
हर हिंदुस्तानी के दिल में
भारतीय सेना का सम्मान रहे ।
भारत के वीर जवानों तुम पर
भारत देश फिर से गर्वाया है ।।

नरेंद्र मोदी जी

वो इंसान नहीं कोई फरिश्ता है
भारत माता ने उसको पुकारा है ।।
जन जन की करुण पुकार सुन
ईश्वर ने धरती पर उसको उतारा है ।।
गुजरात की पावन धरती पर
जन्म लिया था एक फ़रिश्ते ने ।
जीवन में संघर्ष किये बहुत
तब प्रधानमंत्री बना वो हमारा है ।।
खाने की उसको फ़िक्र नहीं
आराम, नींद, सुख, सब छोड़ा है ।
भारत की विश्व में पहचान बनी
डर डर के दुश्मन भी हारा है ।।
दुनिया में मोदी का डंका है
वो हमारे भारत देश का गौरव है ।
पर देश के कुछ गद्दारों को
मोदी का यूँ जीना ना गँवारा है ।।
ईश्वर से प्रार्थना हम करते हैं
प्रधानमंत्री हर बार मोदी जी बने ।
देश के गद्दार कुछ भी कहे
हमको तो मोदी बस मोदी ही प्यारा है।।

अबला नहीं नारी हूँ

अबला ना समझो मुझको तुम
मैं आज के युग की नारी हूँ ।
आ जाऊँ जो अपनी जिद पे मैं
दुश्मनों पे पड़ती भारी हूँ ।।
रोटी भी पकाती हूँ
फाइटर जेट भी उड़ाती हूँ ।
समझो ना किसी से कम मुझको
वक्त पढ़ने पे तलवार दुधारी हूँ ।।
माँ बहन और पत्नी बनकर
जिम्मेदारी सब अपनी निभाती हूँ ।
पर समझो ना कमज़ोर मुझें
चंडी काली की शक्ति सारी हूँ ।।
प्रेम की देवी हूँ प्रेम से रहती हूँ
हो जरूरत तो तलवार भी उठाती हूँ ।।
कोमल ना समझो देख के मुझको
दुर्गा कभी लक्ष्मीबाई बन दहाड़ी हूँ ।।

सबूत

वो थे गिरे हुए ये मालूम था हमें
गंदगी इस कदर चढ़ी ये मालूम न था ।
सबूत मांगेंगे अपनी ही सेना से
पाक प्रेम इतना चढ़ा ये मालूम न था ।।
कोई जा के बता दो उनको
पिता होने का सबूत माँगा नहीं करते ।
देश पर जान लुटाने वाले शहीदों
की शहादत पर राजनीति नहीं करते ।।
करो कुछ तो शर्म मंदबुद्धि इंसान
गिर जाओगे इतना ये मालूम ना था...
घर इतना ही सबूतों से प्यार है
खुद जाओ तुम भी सैनिक बन कर ।
देश की खातिर मरने का जज्बा
दिल में बसाओ फिर आओ तन कर ।।
जयचंद हो ये मालूम था हमें
गद्दारी इतनी करोगे मालूम ना था.

नारी शक्ति

पलकें ना उठाओ अपनी तुम
पलकों को झुका ही रहने दो ।
राज खोल देंगी झूठी हसीं का
अश्कों को छुपा ही रहने दो ।।
झूठी ही सही मुस्कुराहट तो है
खुशियों की कहीं एक आहट तो है ।
तुम भूल के सारे गम अपने
दर्द को दिल में दबा ही रहने दो ।।
जो अश्क़ पी जाओगी अपने
देखोगी फिर से नये सपने ।
अंधेरा टिक ना पाएगा ज्यादा
इसे अपनी चाल से रहने दो ।।
डूब जाये कहीं ना ये दुनिया
इन आँखों में इतना पानी है ।
दुनिया से छुपा के कोने में
इन आंसू को यूँ ही बहने दो ।।
उठो चलो अब तुम ना रुको
थक के ना यूँ हिम्मत हारो ।
दुनिया झुकेगी कदमो में
नारी है शक्ति, शक्ति ही कहने दो ।।

बेटियां बहुत प्यारी होती हैं

माँ बाप की दुलारी होती हैं ।
माँ बाप का दर्द समझने वाली
बेटियां जान से प्यारी होती हैं ।।
माँ की डांट से ना गुसा होती है
सास की डांट से खफा हो जाती हैं ।
बेटी के सीने में दिल होता है
बहु बनते ही शिला क्यूँ हो जाती है ।।
कहते हैं शादी के बाद अपना
बेटा ही पराया सा हो जाता है ।
मायके पर मरने वाली बेटी
बहु बन के क्यूँ अलग वो हो जाती हैं।।
बेटी और बहु से पहले वो
एक नारी है ये क्यूँ भूल जाती है ।
माँ का दर्द सुन के ना रुकने वाली
सास के दर्द से बेपरवाह हो जाती है ।।
भाई बहन के साथ लड़ के भी
वो प्यार का बंधन खूब निभाती है ।
नन्द देवर के साथ एक खटपट

क्यूँ दीवार दिलो में कर जाती है ।।
कितना अच्छा हो जो एक बेटी
को सास में एक माँ नजर आ जाये ।
सास बन जाये माँ जैसी
दिलो में प्यार की बौछार हो जाती है ।।

अकेला

हैं भीड़ से घिरा हुआ
फिर भी हर शख्स अकेला है ।
चेहरे पर है चेहरे चढ़े
क्या खूब जगत का रेला है ।।
दर्द से जो छ्टपटाये कोई
लोग मरहम ले के आ जाते हैं ।
दर्द से तो आराम हो जाये
पर जिन्दगी तानों का झमेला है ।।
कुछ लोग तो ऐसे होते हैं
जख्मो पर नमक खूब लगाते हैं ।।
दवा समझ ना खाना धोखा
दुनिया ऐसे ही लोगों का मेला है ।।
प्रेम अगर ईश्वर से करो तो
हर पग पर वो तुमको संभालेगा ।
हर पल रहेगा साथ वो तुम्हारे
हो जाओगे मस्त ऐसा उसका खेला है ।।

मोबाइल

क्या खूबसूरत रिश्ता है
मोबाइल और इंसान का ।
एक पल ना रह सके दूर
रिश्ता कैसा है ये शान का ।।
माँ बिजी है मोबाइल में
पिता भी चिपका मोबाईल से ।
बच्चा भी खेले मोबाइल से
ये बंधन कैसा बेजान का ।।
ऑफिस में दिन बिताये वो
तो रात में मोबाइल चलाये ।
बच्चों पर ध्यान नहीं तो
बिगड़ना लाजिमी है संतान का ।।
पति पत्नी का रिश्ता भी
समझ ना आये एक दूजे को ।
पति पत्नी भी अपना दर्द
बतायें फेसबुक पर अनजान को ।।
कहीं टूट जाते हैं रिश्ते भी
कहीं बिक जाती कोई बाजार में ।

मासूम ना जाने दुनिया को
बन जाती शिकार हैवान की ।।
विज्ञान की तरक्की से मिलते
हैं फायदे और नुकसान भी ।
परिवार के साथ समय बीते
तो डर क्या है फिर नुकसान का ।।

कान्हा मेरे ना लो मेरा इम्तहान

मै तेरा बालक नादान ।
पूजा ना जानू भक्ति ना जानू,
मै बालक मूरख अज्ञान ।।
हाल मेरा क्या तुम जानो ना
मेरी दशा क्या पहचानो ना
काहे बने प्रभु तुम अन्जान...
तुम ही सारे जग के हो दाता
तुम ही हो मेरे भाग्य विधाता
तुम सारे ब्रह्मांड की शान...
धन दौलत ना चाहूँ जगत की
आस मुझे बस तेरे दर्शन की
दे दो मुझे भी कुछ तो ज्ञान...
हुई जो भूल तो माफ़ तुम कर दो
धूल जो दिल पे साफ़ तुम कर दो
मेरे पिता रितु तेरी संतान...
तुम ही तो मेरे भगवान...

होली एक आस्था

सिर्फ रंगो का त्यौहार ना समझो
आस्था का एक हार है होली ।
होलिका दहन बेमतलब नहीं
गलत पे सही का वार है होली ।।
आओ मिल जुल खेले होली
सखियों संग रंग लगाए ।
कहीं लाल कहीं गुलाबी
आज हर जगह दिखती रंगोली ।।
मन में बुराइयों का अम्बार लिये
ईश्वर के विरुद्ध बैठी थी होलिका ।
पर प्रहलाद के हृदय में ईश्वर
सुरक्षित प्रहलाद जल गई होली ।।
बुराई पर अच्छाई की जीत हमेशा
सदियों से यही होता है आया ।
होलिका दहन में मिटा के बैर भाव
देखो आई, आई मस्तो की टोली ।।
इस बार भी कुछ ऐसा हो जाये
गद्दार मिटें देशभक्त अमर हो जाये ।
नमो नमो फिर नमो हो जाये
चलो चलो खेलें जम के हम होली ।।

फागुन

फागुन का महीना आया रे
कोयल की कूक भी आने लगी है ।
होली की धूम चहुंतरफा
रंगो की बौछार भी छाने लगी है ।।
दुनिया को भिगो दो आज प्रेम से
रंगो को बिखेरो आज प्रेम से ।
गुलाल में मिला है प्रेम रंग
गोरी भी आज शर्माने लगी है ।।
दिलो के भुला के गिले शिकवे
प्रेम से बनाये है पकवान सबने ।
कड़वाहट मिटेगी इस मिठाई से
रंगो की खुमारी अब छाने लगी है ।।
रंग चढ़ा दो ऐसा प्यार का
नफरत मिटा दो इस संसार का ।
होली की सबको बधाई हो
गले मिल मुस्कुराहट आने लगी है ।।
आज ना छोड़ेंगे किसी को भी
थोड़ा रंग लगा दें आज उनको भी ।
बुरा ना मानो आज मेरे भाई रे
रंगों की मस्ती दिल को भाने लगी है ।।

मै भी चौकीदार

चौकीदार चौकीदार चौकीदार
लोग कह रहे मै भी चौकीदार ।
देश का नागरिक हुआ जागरूक
खार खा रहे देश सब के गद्दार ।।
चौकीदार से परेशान सब चोर,
चोर सब मिल के मचायें शोर ।
चौकीदार को चोर चोर बोलें
पर ना चलेगी अब चोरों की चाल ।।
बरसो तक देश को लूट खाया
चौकीदार सच्चा देख मन घबराया ।
हाथ से सब जाता देख चिल्लाये
किस को रोकें सब बने चौकीदार ।।
भोली जनता सब जान गई है
पाकिस्तानी चोरों को पहचान गई है ।
गुस्ताखी अब ना सहन करेंगे
सबक सीखा देंगे चोरों को इस बार ।।
आओ सब मिल के कसम खायें
गद्दारों को उनकी औकात बतायें ।

भारत की लाज बनाने को आज
देशभक्त खड़ा है बनके चौकीदार ।।
देश पर जो कोई आँख उठायेगा
आँख क्या सर भी अपना गँवाएगा ।
भारत माँ का शीश नहीं झुकने देंगे
कसम खा के आया है देश का पहरेदार ।।

बेटा

बेटी ही नहीं बेटा भी प्यारा होता है
सुख दुख में माँ बाप का सहारा होता है ।
श्रवण कुमार हैं बेटे की मिसाल
हर पल माँ बाप का पूछते थे हाल ।
बेटे को भी थोड़ा तो प्यार दो
बेटा भी अंश तो हमारा होता है ।।
शादी के बाद बेटा बदल जाता है
ऐसा क्या जादू उसपे चल जाता है ।
बेटों को कोसो नहीं सोचो दिमाग़ से
शादी से पहले बेटा क्यूँ प्यारा होता है ।।
बेटी किसी की बहु बन के आती है
सास को ज़ब माँ समझ नहीं पाती है ।
बहु को बेटी ना सास समझती है
दोनों के झगड़े में बेटा बेचारा रोता है ।।
बेटे को माँ बाप से दूर करवाती है
नारी ही नारी को समझ नहीं पाती है ।
पुरुष की व्यथा को क्या समझेगी
बहु सास नन्द का दिल नहीं होता है ।।

सास भी बहु थी बहु भी सास बनेगी
बिन समझे एक दूसरे को कैसे निभेगी ।
बेटे को माँ बाप से दूर करने में
मानो ना मानो हाथ नारी का होता है ।।

मुलाकात

वो पास आये भी तो इस तरह
कि गैर बन के हम रह गये ।
निकल ना सके पलकों से बाहर
आँखों में ही अश्क़ रह गये ।।
कहना था बहुत कुछ मुझको
हजारों सपने बुने थे बहारों के ।
सालों से बनाये थे महल जो
कैसे एक पल में वो ढह गये ।।
मुद्दतों बाद ज़ब उनसे मुलाक़ात हुई
कह ना सके कुछ आँखों में बात हुई ।
आपसे मिल के अच्छा लगा
इतना कह लब चुप हो के रह गये ।।
वो बड़े हमारी तरफ इस कदर
धड़कने बढ़ने लगी बड़े जोर पर ।
गले लगे उसके पीछे खड़ी थी जो
रुक ना सके अश्क़ बाहर बह गये ।।

राम मंदिर

टैंट में बैठे हैं राम जी मंदिर के इंतजार में ।
पर नेता तो लगे हैं वोटों के व्यापार में ।।
राम मंदिर तो बस एक मुद्दा बन के रह गया ।
जनता को दिखाया सपना बन के रह गया ।।
भोली जनता बैठी मंदिर के इंतजार में ...
याद आती है राम जी, की चुनावों से पहले
भूल जाते हैं फिर चाहे कोई कुछ भी कह ले ।।
इस बार ना फसेगी जनता झूठे प्यार में ...
मंदिर ज़ब बनेगा तब ही वोट ले सकेगा ।
नेताओं के वादे में अब ना कोई फसेगा ।।
मंदिर बनवा दो वरना रहो तुम मझधार में ...
क्यूँ अपने भगवान को तुम यूँ ही भूल बैठे हो ।
कुर्सी के चक्कर में तुम उसूल भूल बैठे हो ।।
राम मंदिर जो बनेगा तब ही नैया लगेगी पार ...

प्रिय

सुनो प्रिय यूँ ना तुम रूठा करो,
तुम बिन अधूरा मै हो जाता हूँ ।
प्यारी सी वो मुस्कान तुम्हारी,
देख के फिर से जवां हो जाता हूँ ।।
चुटकुले मै तुम पर बहुत
हंस हंस क़र दुनिया को सुनाता हूँ ।
पर सच कहूं मै दिल की बात
तुम बिन ना एक पल रह पाता हूँ ।।
कभी ना तुमको समझा मैंने
हर पल तुमको धिक्कारा था ।
पर जीवन के इस मोड़ पर
तुम बिन खुद को कहीं ना पाता हूँ ।।
मेरे जीवन की तुम ही आधार हो
तुम्ही मेरा पहला आखिरी प्यार हो ।
तुम बन जाओ दुल्हन फिर से
मैं प्यार से घूँघट तेरा उठाता हूँ ।।
बेटी को भेज दिया ससुराल
बेटा बहु भी गए घर अपने ।।
सात फेरो का बंधन तुमसे
जीवन का सुख तुमसे पाता हूँ ।।

देश भक्ति

भारत माँ से था प्यार मुझें,
फ़र्ज बेटे का निभाने निकला था ।
क्या बतलाऊँ तुझको माँ
देश में गद्दारों का टोला था ।।
पत्नी को समझाया था मैंने
जल्दी ही बापस मैं आऊंगा ।
बेटे को गोद में लेकर बोला
खिलौना तेरे लिये लाऊंगा ।।
माँ की ममता को अपनी मैं
इन आँखों में छुपा के निकला था...
मैं बापस तो आया हूँ माँ
पर टुकड़ो में शरीर मेरा है ।
आतंकवादी को क्या कहें
गद्दारों से भरा देश मेरा है ।।
गद्दारों को दे देना फांसी
लब्ज आखिरी यही निकला था..
मेरी पत्नी को माँ कह देना,
वो दिल में हरदम मेरे रहती थी ।
माँ थी मेरी नस नस में
तो साँसो में मेरे वो बसती थी ।।
तू भी ना रोना माँ मेरी
तेरे आंसू से मैं ना पिघला था....

वीर जवान

ऐ मेरे देश के वीर जवानों
तुम से ही भारत की शान है ।
तुम हो भारत माँ के रक्षक
तुम से ही भारत की आन है ।।
घर परिवार का मोह छोड़
तुम सरहद पर पहरा देते हो ।
ठिठुरती सर्दी में भी सरहद पर
तुम दुश्मन को दहला देते हो ।।
तुम हो भारत के अमर वीर
तुम से ही भारत की जान है...
तपती जमीं आग बरसाता आसमां है
बंद कमरों में छुप बैठा सारा जहाँ है ।
गर्मी की भी परवाह नहीं तुम्हें
धूप में तपता हर सैनिक यहाँ है ।।
करे तुमको नमन सौ बार रीता सिंह
तुमसे ही भारत का मान है...
देश की खातिर जीते हो तुम
देश की खातिर शहीद हो जाते हो ।
माँ पत्नी पिता और बच्चों को
भारत माँ के सहारे छोड़ जाते हो ।।
भूलेंगे ना कभी ये बलिदान तुम्हारा
तुमसे ही आबाद भारत की जान है...

हमारा भारत देश

गर्व से हम ये कहते हैं,
भारत देश में हम रहते हैं ।
ये देश हमारी शान है,
शान से हम ये कहते हैं ।।
हर धर्म के मिलते लोग यहां,
हर वर्ग के मिलते लोग यहां ।
परिधान हैं सबके अलग यहां
पर एक दूजे के दिलो में रहते हैं ।।
भाषा है सबकी अलग यहां
प्रेम की भाषा सब समझते हैं ।
प्रेम से जो बोलो तो
तो जान भी कुर्बान करते हैं ।।
दरियादिली तो देखो हमारी
हद से ऊपर जा के निभाते हैं ।
कुछ गैरों की खातिर हम
अपने ही देश में सताये जाते हैं ।।
पर ना समझो सब्र को कायरता
वक्त पढ़ने पर छक्के छुड़ा देते हैं ।

भारत माता की आन की खातिर
जान लेते और देते भी रहते हैं ।।
विश्व में भारत की पहचान हैं
तिरंगा हमारे देश की शान है ।
पहचान ये मोदी जी की देन है
देश सेवा में हर दम तत्पर रहते हैं ।।

है घर कहाँ मेरा

किस लिए जन्मा है मुझको,
मां इतना मुझको बता दे ।
है कौन सा घर मेरा,
मां इतना मुझको बता दे ।।
हुई पैदा जिस घर में, बचपन जहां बिताया ।
खेली कुदी और बड़ी हुई, सपनों का महल बनाया ।।
वो तो कहलाया मायका घर कहां मेरा मां मुझको बता दे ।।।
रोती आंखो से कर के विदा, मुझसे मेरा घर छुड़वाया
पति का घर अब घर तेरा, मां तूने मुझे समझाया।।
पर वो तो ससुराल कहलाया,
घर कहां मेरा मां मुझको बता दे ।।।
तेरी ममता को भुला के पति के घर को अपनाया ।
जला के अपने अरमान घर उनका मैंने सजाया ।।
सुनती हूं मै ताने ये घर नहीं तेरा
घर कहां मेरा मां मुझको बता दे ।।।
होटों पर है मुस्कान मेरे आंखों में भरा है पानी ।
मेरे जीवन की क्यूं मां उलझी हुई है कहानी ।।
जी भर के रो लूं जहां
वो घर कहां मेरा मां मुझको बता दे ।।।।

दर्द सा क्यों है

हर जगह हर तरफ खौफ सा मंजर क्यों है ।
मासूम की आँखों में समंदर सा क्यों है ।।
कहीं अपने तो कहीं बेगाने है
हर तरफ बस यही फसाने हैं ।
कैसे बचाऊं बेटी अपनी
ये डर हर माँ के अंदर क्यों है ।।
कहीं दहेज़ के लिए मरती है
कहीं तेजाब से जलती है ।
बचपन भी नहीं सुरक्षित अब तो
छुपा भेड़िया आदमी के अंदर क्यों है ।।
मासूम सा बचपन भोली सी सूरत
बच्चे तो प्यार की हैं मूरत ।
कैसे पहचाने दरिंदे को भला
इंसान में बैठा शैतान सा क्यों है ।।
आओ कुछ ऐसा कर जायें
बेटियां सबकी सुरक्षित हो जाएं ।
कह ना सके कोई अब ये
सीने में छुपा दर्द सा क्यों है ।।

चुनाव की घड़ी

ज़रा सम्भल के रहना मेरे भाई
देश में चुनाव की घड़ी है आई ।
आपस में ना उलझना अब तुम
रिश्तों में ना डालना तुम खटाई ।।
जिसके पास है बुद्धि जितनी
चलायेगा ही वो अपनी उतनी ।
पसंद पर अपनी चलते है सब
देश की कौन सोचता भलाई ।।
राजनीति करते है सब के सब
निजी फायदे का सोचते है अब ।
वोटिंग के बाद नेताओं को कोसें
वोटिंग के वक्त अक्ल कहाँ थी गंवाई ।।
निजी फायदा जो भी करायेगा
वोट नासमझों का उस को ही जाएगा ।
दिमाग़ लगाओ ज़रा वोटिंग से पहले
निजी फायदा छोड़ सोचो देश की भलाई ।।
देश है हम सबका किसी एक का नहीं
देश को जो बेचे वो इस देश का नहीं ।
सोचो अच्छे से फिर निर्णय करो
देशहित में ही सबका हित है मेरे भाई ।।

आतंकवाद

आतंकवाद है चारो तरफ फट रहे हैं बम यहां ।
बम ना जाने धर्म कोई हिन्दू हो या मुसलमां ।।
एक बात बार बार परेशां करती रहती है मुझें,
आतंकी के सीने में दिल नहीं होता है क्या ।
लोग मरते हैं चिल्लाते हैं खून ही खून होता है
जान ले के लाखों की चैन मिलता है क्या ।।
देख के ऐसा हाल क्या चैन से रहती होगी माँ...
घर से बाहर कैसे निकलता होगा परेशां बाप,
देख के खूनी बेटे को दिल नहीं रोता होगा क्या ।
कैसे निकलती होगी घर से आतंकी कीबहन,
खून से सने हाथों में राखी बांधती होगी क्या ।।
जमीं है लाल और लाल है उनका आसमां...
उस दिन को वो कोसती होगी रात दिन कैसे,
नौ महीने रखा कोख में इस दिन के लिये क्या ।
किसी पत्नी का पति वो भी तो होता होगा ।
खून भरी मांग देख के दिल रोता होगा क्या ।।
परिवार को यूँ देख के क्या होगा वो परेशां...
रखते है बम जहाँ देख के वो ज़ालिम हाथ
उनके भी दोस्त रिश्तेदार होते है वहां क्या ।
कोई उनका अपना होता होगा मरने वालो में ।
उनके लिये रोता होगा आतंकी का दिल क्या ।।
रोटी है उनकी भी जमीं क्या रोता है आसमां..

आरक्षण

आरक्षण आरक्षण सब कहें,
पर मतलब ना समझे कोई ।।
धनी आदमी धन ले जाये
निर्धन के संग खड़ा ना कोई ।।
जाति पाति के नाम पर,
जनता को आपस में लड़वाये ।
दंगों में जनता को फंसाकर
खुद चैन की नींद सो जायें ।।
चुनाव के समय सबक सिखाये
बार बार मूरख बने ना कोई...
जिसके पास गाड़ी बँगले
वो ही आरक्षण का फायदा उठाये ।
गरीब बेचारा घर में सोचे
कैसे बच्चों को शिक्षा दिलाये ।।
अमीर और अमीर बनता जाये
गरीब के तन पर कपड़ा ना कोई..
मेहनत कर अच्छे नंबर ला कर भी
गरीब डाक्टर कभी बन ना पाए ।
बिना पड़े आरक्षण के बल पर

अमीर झट से डाक्टर बन जाये ।।
अस्पताल में मरीज मर रहे
बिन पढ़े इलाज कैसे करे कोई...
जो गरीबी और योग्यता के बल पर
आरक्षण का लाभ मिल पाता ।
जाति पाति के झगडे ना होते
देश की जनता सुख से होई...
अयोग्य शिक्षक, अयोग्य डाक्टर
अयोग्य इंजीनियर जनता को रुलाये ।
जाति पाति के नाम पर आरक्षण
बिन मौत जनता को मौत दिलाये ।।
पांच साल तुम खूब रुला लो
कहे रीता चुनाव में सबक सिखाये हर कोई..

पत्थर और फौजी

जिन लोगो की जान वो
अपनी जान पर खेल के बचाते हैं ।
उन्ही लोगो के पत्थर खा के
जान वो अपनी गंवाते हैं ।
फौजी हमारे देश की शान
फौजी बचाएं देश की आन ।
सीमा पर पहरा देते हैं वो
बाढ़ में भी बुलाये जाते हैं ।।
क्यूँ कोई कुछ नहीं करता
क्यूँ फौजी पल पल यूँ मरता ।
क्यूँ जान उनकी सस्ती इतनी
बच्चों से मरवाये जाते हैं..
सैनिक हमारे किसी माँ के दुलारे
पापा उनको कोई कह के पुकारे ।
सिंदूर हैं वो किसी की मांग का
दर्द क्यूँ उनके समझ नहीं आते हैं ।।
एक दिल है भी उनके सीने में
जो देश के लिये पल पल धड़कता हैं ।

पर उनका एक परिवार भी है
क्यूँ दिए उस घर के बुझ जाते हैं ।।
कब तक खायंगे यूँ पत्थर
ये बात नजर क्यूँ नहीं नहीं आती है ।
सैनिक डटे हैं ड्यूटी पर
इस लिये चैन से हम सो पाते हैं ।।

मस्ती

तेरी आँखों की ये मस्ती
मुझें बेचैन करती है ।
तेरी साँसो की ये खुशबू
मेरी साँसो में उतरती है ।।
मेरा मन चाहता है डूब जाऊ,
झील सी आँखों में ।
मगर तेरे पास आते ही
शरारत सूझा करती है ।।
तू फूलों से भी कोमल है
मेरी यादों में पल पल है ।
तुझे जो देखता हूँ मैं
ये पलकें ना झपकती है ।।
तेरा यूँ देखना मुझको
फिर नजरें चुरा लेना ।
तेरी हर एक अदा पर तो
मेरी हर सांस रूकती है ।।
तेरे होठो से जो छ्लके
शराब उसको कहते हैं ।

मुझें आँखों से पीने दे
सितम क्यूँ मुझपे करती है ।।
तू नदिया है या गागर है
नशे का तू सागर है ।
तुझे देखूँ तो चढ़ जाये
दिल पे तू यूँ उतरती है ।।

वक्त

तू वक्त न यूँ ज़ाया कर,
अल्फाज़ मेरे समझने में ।
दिल से सुन ज़ज्बात मेरे,
देर ना क़र तू समझने में ।।
वो बात क्या जो कहनी पड़े,
मै कुछ ना कहूं तू सब सुन भी ले ।।
बात जो छुपी है दिल में
मज़ा क्या जुबाँ से उसको कहने में ।।
जान न ले ये सारा जहाँ,
यूँ प्यार का इजहार ना क़र ।
कोशिश तो क़र के देख ज़रा
दिल से दिल को पढ़ने में ।।
ख़्वाबों में तू आजा मेरे
मिलने की कोशिश ना क़र ।
ये तू जाने या मै जानू,
तू शोर ना क़र ज़माने में ।।
क्या समझेगा ज़माना ये,
दो दिलो की इन बातों को ।

मै तेरे दिल में तू मेरे दिल में
चलो देर करो ना छुपने में ।।
आँखों के ये राज हैं जो,
आँखों में ही छुपे रहने दो ।
जाहिर करो न यूँ इनको
खो जाने दो इन्हें सपने में ।।
तू वक्त ना यूँ ज़ाया क़र,
अल्फाज़ मेरे समझने में....

कोशिश

कोशिश बहुत की पर पहचान ना सकी
हिन्दू है कौन है मुस्लिम ये जान ना सकी ।
था चारों तरफ खून का रंग लाल लाल
किस धर्म का खून कहाँ ये जान न सकी ।।
लगी थी भीड़ बहुत शहर के बाजार में
कोई बुरका तो कोई थी घूँघट की आड़ में,
समझ न सका कोई हुआ अचानक क्या
बम था किस जाति का ये जान न सकी ।।
मच गया था कोहराम चारों ओर वहां
लग गया था ढेर पल में लाशो का वहां ।
पुलिस और एम्बुलेंस भी आ गई थी वहां
था धर्म उनका कौन सा ये ना जान सकी ।।
जख्मी हुए थे जो अस्पताल में पहुंच गए
डाक्टर और नर्स तुरंत जुट गए इलाज में ।
वो खून पर खून चढ़ रहा था जख्मियों के
था खून किस धर्म का ये जान न सकी ।।

दर्द

दिया जो दर्द मुझें तूने,
किसी से हम ना कहते हैं ।
तुझे बस याद कर के हम
सितम ये तेरे सहते हैं ।।
कभी तो याद आयेगी
तुझे मेरा वफ़ा की भी ।
वो बाते डस ही जायेंगी
तुझे तेरी जफ़ा की भी ।।
तेरी झूठी मुहब्बत के साये में
आज भी हम रहते हैं....
कभी तुझको रुलाये जो,
बेवफाई ओ सनम तेरी ।
कभी तुझको सताये जो
ज़फ़ायें ओ सनम तेरी ।।
तू मेरे पास चले आना
तेरे हम आज भी रहते हैं...
दिल के हर टुकड़े में
सनम बस तू ही रहता है ।

तेरे बिन रह ना पायेगा
दिल ये मेरा कहता है ।।
तेरे इंतजार में आंसू
मेरी आँखों से बहते हैं ...

दर्द की दास्तां

दर्द की दास्तां
मेरी आँखों मे ना देखो,
सच्चाई नजर आ जायेगी।
मेरे चेहरे की मुस्कान
ना जाने किधर जायेगी।।
हंसती हूं मै गम को छुपाकर,
दर्द को अपने दिल मे दबाकर।
ना पूछो मेरे दर्द का आलम,
चोटें बहुत सी उभर आयेंगी।।
रीत दुनिया की ये पुरानी है,
चाहो ना चाहो पर निभानी है।
यूँ तो जीत सकती हूँ ज़माने से
पर कुछ आँखें यूँ ही भर आयेंगी।।
कमजोर नहीं हूँ ना हूँ मै बुजदिल
नहीं चाहती दुखाना किसी का दिल।
जो कह दी मैंने दर्द की दास्तां
शर्म से नजरे कई झुक जायेंगी।।

सदियों से सहती आयी हूं
अग्नि परीक्षा देती आई हूँ ।
पहुंच जाये नारी चाहे चाँद पर
मर्द के जुल्म से ना बच पायेंगी ।।

अंकल मुझें ना यूँ रोंदो

अंकल मुझें ना यूँ रोंदो
माँ के पास मुझें जाने दो ।
नहीं चाहिए मुझे चॉकलेट
माँ के पास मुझें जाने दो ।।
तुमने तो कहा था मुझसे
कि चॉकलेट तुझे दिलाऊंगा ।
माँ से कुछ ना कहना
आइसक्रीम तुझे खिलाऊंगा ।।
मै कुछ ना कहूँगी किसी से
बस माँ के पास मुझें जाने दो..
माँ पापा ने कभी ना मारा है
हर पल मुझें बस दुलारा है ।
दर्द ज़रा जो होता है
माँ की गोद का सहारा है ।।
दर्द ना इतना दो मुझको
माँ के पास मुझें जाने दो ३
पापा से भी कुछ ना कहूँगी
गंदे हो तुम ये भी ना कहूँगी ।

गन्दी बाते ना करो मुझसे
दर्द मै इतना कैसे सहूंगी ।।
अंकल मुझें ना यूँ मारो
माँ के पास मुझें जाने दो..
पास ही के स्कूल में मेरा
एडमिशन आज कराया है ।
आज ही माँ ने किताबें
और बस्ता आज मंगाया है ।।
स्कूल मुझें कल जाना है
माँ के पास मुझें जाने दो..
तुम जो छूते हो मुझको
दर्द से मै चिल्लाती हूँ ।
मुझें ना ऐसे मारो अंकल
तुम्हारे छूने से मै घबराती हूँ ।।
मुझें माँ की गोद में जाना है
माँ के पास मुझें जाने दो ।।

अम्बे माँ

आओ आओ अम्बे माँ आ जाओ ।
व्याकुल है मन मेरा आ जाओ ।।
हृदय मे मेरे जो बस जाओगी ।
तो अवगुण ना घर कर पायेंगे ।।
आंखों मे जो तुम छा जाओगी ।
हर शै में तुमको ही पायेंगे ।।
उद्धार मेरा माँ कर जाओ ।
व्याकुल है...
वाणी मे जो बस जाओगी ।
गीत तुम्हारे ही गायेगी ।।
यादों मे तेरे बीतेगा दिन ।
यादों मे तेरी रात जायेगी ।।
इतनी दया माँ कर जाओ ।
व्याकुल है...
जो रोम रोम मे बस जाओगी ।
बुरे करम ना हम कर पायेंगे ।।
दास तेरे चरणों के हम
तेरे चरणों मे जीवन बितायेंगे ।।

प्रकाश से हमको भर जाओ

व्याकुल है...

मै मै ना रहूँ और मेरा ना रहे ।

तू ही तू रहे और तेरा ही रहे ।।

मेहमान बन के आई हूँ जगत मे

भाव रीता के जगा जाओ

व्याकुल है...

कन्या पूजा

कन्या पूजन को घर घर, बेटी क्यों ढूंढा करते हो ।
उसी बेटी को कोख मे ही, फिर क्यों मारा करते हो ।।
माँ के बाल स्वरूप को, जो जान ना तुम पाओगे ।
इस तरह से न तुम, माँ को खुश कर पाओगे ।।
आशीर्वाद के बदले, क्यों पाप लिया करते हो....
घर मे जन्मी बेटी को, बोझ ना तुम समझा करो ।
कभी तो बेटी मे भी, जगदम्बे का रूप देखा करो ।।
शक्ति का रूप है बेटी, इसे कम क्यों समझते हो.....
नौ दिन नहीं हर दिन, बेटी का सम्मान करो ।
माँ के किसी रूप का कभी ना तुम अपमान करो ।।
माँ के पावन रूप पर, क्यों जुल्म किया करते हो ।
कन्या पूजन को घर घर, बेटी क्यों ढूंढा करते हो ।
उसी बेटी को कोख मे ही,फिर क्यों मारा करते हो ।।

माँ दया करना

हे माँ बस इतनी दया करना,
कभी मुझसे कोई खता हो ना ।
देखूं सबमें मै तेरी ही सूरत
कभी मुझसे किसी का बुरा हो ना ।।
ज़ब देखूं किसी भी नारी को,
माँ रूप तुम्हारा नजर आये ।
मन मे ना आये बुरा विचार,
दिल मे तू ही उतर जाये ।।
हे माँ बस इतनी दया करना.....
जन्म दात्री माँ को कभी
कोई दुख ना मै पहुचाऊं ।
मंदिर तेरे आऊं ना आऊं
चरण उसके रोज छू जाऊ ।।
हे माँ बस इतनी दया करना......
बेटी को कभी कम ना समझूं,
प्यार से उसका दामन भर दूँ ।
अम्बे कहूँ या जगदम्बे,
नाम आपके जीवन कर दूँ ।।

हे माँ बस इतनी दया करना.....
बहू बेटी हो माँ या पत्नी,
कभी ना उसका अपमान करूँ ।
देखूं ज़ब ज़ब नारी पराई,
दिल से उसका सम्मान करूँ ।।
हे माँ बस इतनी दया करना.....
इस नवरात्री कुछ अलग क़र दो,
दिल मे सबके सम्मान भर दो ।
माँ पूजा तुम्हारी सफल तब हो,
नारी जीवन निर्भय क़र दो ।।
हे माँ बस इतनी दया करना......

माँ

मेरी हर सांस तुझसे है माँ,
मेरी हर आस तुझसे है माँ, ।
हो रहा मेरा जो नाम,
ये नाम तुझसे है माँ ।।
जिन्दगी की हर उलझन को
पल में सुलझा दिया तूने ।
थी राह की मैं पत्थर,
इंसा बना दिया तूने ।।
मेरा जीवन तुझी से माँ
मेरा हर काम तुझसे है माँ...
तेरी गोद में मैं सोती
मेरी रातो की सुबह है तू
एक पल तुझे ना भूलू
मेरे जीने की बजह है तू
खोलूं जो आँखे या बंद करू
मेरा दिन रात तुझसे है माँ...
शब्दों में माँ कैसे तेरी
महिमा को बाँध पाऊँ ।

कर्म मेरे हो ऐसे माँ,
तुझे हृदय से मैं रिझाऊं ।।
मेरा ईश्वर तू है माँ
मेरी पूजा तुझसे है माँ...

वो शब्द कहाँ से लाऊं

वो शब्द कहाँ से लाऊं, तेरी महिमा जो सुनाऊ ।
तू शब्दों से परे है माँ, क्या तुझ पर लिख पाउँ ।।
मेरा वजूद तुझसे माँ, तुझमे छुपी है मेरी कहानी ।
तू जन्म मुझें देने वाली, क्या तुझपे मैं सुनाऊँ ।।
तेरा ऋणी हूँ और इस भारत माँ का भी ऋणी ।
मेरी कामयाबी तुझसे, तेरा ऋण ना चुका पाऊँ ।।
मंदिरो में भी माँ बस तुम,मुझें तुम नजर आओ।
नजर देदो वो मुझको, हर माँ में तुझे ही पाऊँ ।।
देखूँ जो कोई गरीब माँ, सडक पर यूं बैठी हुई ।
देख के तेरी सूरत उसमे, बेटे का फ़र्ज निभाऊ ।।
जो धरती माँ पर कोई, दुश्मन देश नजर उठाये ।
वीर पुत्र बनाना माँ, दुश्मन के छक्के छुड़ाऊँ ।।
कहीं अगर जो देखूँ, कोई बहन बेटी मुसीबत में
देना मुझे वो ताकत अस्मत उसकी मैं बचाऊं ।।

करवा चौथ

सोलह श्रंगार करूँ,
करवा चौथ का व्रत करूँ ।
पिया रहें सलामत,
बस यही आरजू करूँ ।।
हाथों में तेरा हाथ रहे,
उम्र भर पिया तेरा साथ रहे ।
तेरी खुशी के लिये,
जीवन अपना वार करुं ।।
सिंदूर से मांग सदा भरी रहे,
चूड़ियाँ हाथों मे खनकती रहें ।
प्यार तेरा कभी हो ना कम,
तुझे देख जियूँ तुझे देख मरुँ ।।
तेरे लिये ही श्रंगार करूँ,
बांहों का तुझपे हार करूँ ।
चाहे जितना भी तुझसे लडूं,
पर प्यार मै तुझसे ही करूँ ।।

दीपावली

दीपावली है रौशनी का त्यौहार,
आओ घर घर मे रौशनी करें ।
रहे ना किसी घर में अंधेरा
चलो रोशन कई जिन्दगी करें ।।
किसी गरीब का तन ढक आना,
अपने कपडे खरीदने से पहले ।
कुछ इस तरीके से हम सभी,
त्यौहार की नयी शुरुआत करें ।
कुछ मिठाई और कुछ दीए,
किसी गरीब के घर दे आना ।
भूखे गरीब बच्चों के मुख पर
प्यारी प्यारी सी मुस्कान भरें ।।
कुछ इस तरह से दीवाली मनाये
खुशियों से हर घर भर आयें ।
कमी ना होगी कभी हमको
माँ लक्ष्मी खुद हमारे भंडारे भरें ।।

बेबस पुरुष

क्यों भूले बिसरे पाप अब सामने आ रहे हैं ।
जख्म क्यों पुराने अब यूं कुरेदे जा रहे हैं ।।
ये माना कि हमने किये थे तुझ पर सितम ।
अब ढलती उमर मे क्यूँ हम रौंदे जा रहे ।।
वो तेरा मुस्कुराना और शरमा के आना ।
अकेले अब हम ही क्यों फॅसे जा रहे हैं ।।
जो ना चाहते तुम तो ना होती शरारत ।
गुनहगार हम अकेले क्यों बने जा रहे हैं ।।
माना कि हम थे गलत और तुम थे सही ।
पर अब क्यों इल्जाम हम पर लगे जा रहे हैं ।।
बस करो ना सजा दो अब मेरे गुनाहों की ।
अपनी नजर में रीता अब हम गिरे जा रहे हैं ।

ग़ज़ल

नज़रें इनायत जो तेरी हुई है
दीवाने हम तो होने लगे हैं ।
प्याला ये कैसा तूने पिलाया,
ख्यालों में तेरे ही खोने लगे हैं ।।
कई बार गिरे हैं कई बार उठे हैं,
ये मुझको गिराना फिर मुझको उठाना ।
ख्यालों मेरे फिर तेरा आना
खेल ये तेरे समझने लगे हैं ।।
उठाया है अब तो फिर ना गिराना,
मझधार में ना मुझको फंसाना ।
हाथ ये मेरा थामे ही रखना,
कि गिर गिर के अब तो डरने लगे हैं ।।
नैनों में मेरे सदा तू ही रहना,
दिल में रीता के तू ही वास करना ।
ये कैसा नशा है जो मुझपे हुआ है,
पी कर के होश में आने लगे हैं ।।

अमर जवान

ऐ मेरे देश के वीर जवानों
तुम से ही भारत की शान है ।
तुम हो भारत माँ के रक्षक
तुम से ही भारत की आन है ।।
घर परिवार का मोह छोड़
तुम सरहद पर पहरा देते हो ।
ठिठुरती सर्दी में भी सरहद पर
तुम दुश्मन को दहला देते हो ।।
तुम हो भारत के अमर वीर
तुम से ही भारत की जान है...
तपती जमीं आग बरसाता आसमां है
बंद कमरों में छुप बैठा सारा जहाँ है ।
गर्मी की भी परवाह नहीं तुम्हें
धूप में तपता हर सैनिक यहाँ है ।।
करे तुमको नमन सौ बार रीता सिंह
तुमसे ही भारत का मान है...
देश की खातिर जीते हो तुम
देश की खातिर शहीद हो जाते हो ।

माँ पत्नी पिता और बच्चों को
भारत माँ के सहारे छोड़ जाते हो ।।
भूलेंगे ना कभी ये बलिदान तुम्हारा
तुमसे ही आबाद भारत की जान है...

नेता

ये नेता हैं ना करो इनसे उम्मीद बफ़ा की,
कहे रुक्मिन ये तो एक तस्वीर हैं जफ़ा की ।
ना दोष दीजिये इनको इनकी बेबफाई का,
इनकी कुर्सी जिम्मेदार हैं सारी जफ़ा की ।।
वादे जो करते हैं वो तो टूट जाते हैं,
वादों के बल पर बस वोट लूट जाते हैं ।
दोष नहीं नेता का दोष तो जनता का है,
आदत हो गई है जनता को जफ़ा की ।।
दंगे करवाते हैं आपस में भिड़वाते हैं,
जातियों में फंसा के खुद ताली बजाते हैं ।
कहीं आरक्षण कहीं एस सी एस टी ऐक्ट,
कहीं राम मंदिर पर बात करते है वफ़ा की ।।
अंग्रेजो से कम ना समझो इन नेताओं को
फूट डालो शासन करो की रीत निभाते हैं ।
जनता तुम ना आना कभी इनकी बातो में,
नेताओं की तो अदा ही है बेवफ़ा की ।।

चुनावों के दिन

चुनावों के दिन है,
जरा सम्भल के चलो जनाब ।
राजनीति के चक्कर में,
ना रिश्ते करो खराब ।।
गहरे दोस्त हुआ करते थे,
अभी चार दिन पहले तक ।
राजनीति की बहस ने,
दोस्ती पे डाल दी है राख़ ।।
सात फेरो के बंधन में,
बाँधने वाले ही थे दो दिल ।
राजनीति के खेल में
शादी भी टूट गई जनाब ।।
छोड़ेंगे ना साथ तेरा,
हम सात जन्मो तक ।
ये कहने वालों का भी,
राजनीति ने छुड़ा दिया साथ ।।
सोचो समझो फिर वोट दो,
यूँ घर में रहो ना बैठे ।
अच्छा नेता देश को मिले,
तो रिश्ते ना हो खराब ।।

प्यार में

प्यार में तेरे बस हम जिए जा रहे हैं,
बदनाम खुद को ही किये जा रहे हैं।
जानती हूँ तू हो गया है किसी गैर का,
अब ये आंसू अपने हम पिए जा रहे हैं।।
ना इलज़ाम देंगे हम तेरी बेवफाई को
दिल हमने ही दिया था एक हरजाई को ।
क्या हुआ जो तोड़ दिया तूने दिल मेरा,
टूटे दिल को हम फिर से सिये जा रहे हैं।।
मैंने की तुमसे मुहब्बत खता थी ये मेरी
दिल से खेलना मेरे अदा थी ये तेरी ।
तेरी अदाओ पे हम तो यूँ ही मर बैठे
किस्सा ये हम खत्म किये जा रहे हैं।।
कुर्बान है तुझपे सनम जान मेरी ये
मरना तुझपे ही अब शान मेरी ये ।
अदा ये मेरी सनम ना तुम भूल जाना
जान अपनी तेरे नाम किये जा रहे हैं।।

ना घबरा तू ऐ दिल

ना घबरा तू ऐ दिल राह अपनी चलता जा ।
मुश्किलें आयेंगी तू धुन अपनी बुनता जा ।।
ये दुनिया है ज़ालिम, हर पल तुझे सतायेगी ।
तू भूल के दुनिया मंजिल की ओर बढ़ता जा ।।
कांटे बिछे हैं राहों में तू पाँव रख संभाल के ।
दर्द की परवाह ना कर सुकून तू खोजता जा ।।
सुख के साथी है सब दुख में ना इन्हें याद कर ।
कारवाँ खुद बन जायेगा अकेला तू चलता जा ।।
सच्चाई की राह में अँगारे बिछे होते हैं हज़ारों ।
झूठ का दामन ना पकड़ अंगारो पे चलता जा ।।
वो सुबह जरूर आयेगी अंधेरा छंट ही जायेगा ।
खुशियाँ बाँटते मुस्कुराते तू आगे यूँ बढ़ता जा ।।
वो देख सामने है मंजिल कितना है करीब तेरे ।
मुश्किलें देख रुकना नहीं आगे तू बढ़ता जा ।।

दर्द का आलम

ना पूछो मेरे दर्द का आलम
अपने किये की सज़ा पा रहा हूँ ।
वो आई है शेरनी मेरे घर पर
डर के उसी से छुपा जा रहा हूँ ।।
गाय जैसी सीधी है मेरी बेटी
ऐसा उसके पिता ने कहा था ।
ये सुनके खुश हुआ था मै
सींगो से अब खुद को बचा रहा हूँ ।।
घर को ये स्वर्ग बना देगी
ऐसा उसकी माँ ने कहा था ।
मर चुका हूँ मै जिंदा ही
लाश अपनी खुद ही उठा रहा हूँ ।।
प्रेम से घर वो भर देगी
ऐसा उस की बहन ने कहा था ।
प्रेम है उसका कुत्ता पालतू
हर रोज उसकी पोट्टी उठा रहा हूँ ।।
वो बैठी है सोफे पर सजधज के
फ़ोन पर माँ से गप्पे लड़ा रही है ।
मै बेचारा चरणों में उसके बैठा
पाँव महारानी के दबा रहा हूँ ।।

बेचो ना बेटा

कीमत ना लगाओ बेटे की
बेचना ना बेटा यूँ बाज़ार में ।
भिखारी ना बनना कभी
दहेज़ ना माँगना यूँ संसार में ।।
दिल पे पथ्थर रख कर अपने
बेटी को विदा करती है एक माँ ।
पीकर अपने आंसू दिल में
पिता देता है बेटी दूसरे परिवार में ।।
बेटी बेटे पर खर्च एक सा होता
पालन बेटी का नहीं मुफ्त में होता ।
तो खर्चे के नाम पर क्यूँ तुम
बेटी वाले से मांगते इज्जत हार के ।।
क्यूँ इतने निर्लज्ज हो जाते हो
बेटे का सौदा कर के ना शरमाते हो ।
तुमसे बढ़कर नहीं घटिया कोई
बेटा बेच रखते हो अपने ही परिवार में ।।
जो बेटी वालों से दहेज़ तुम मांगोगे
चैन बुढ़ापे में कैसे फिर तुम पाओगे ।
बेटी किसी के दिल का टुकड़ा है
ना सताओ इसे पैसे के प्यार में ।।

काश ये औलाद

काश ये औलाद इतना समझ जाये
माँ बाप का दर्द अपने दिल में पाये ।
वृद्धाश्रम में ना भेजे किसी को
संतान स्नेह माँ बाप को मिल जाये ।।
नौ माह कोख में रखा था जिसे
हर बुरी नज़र से बचाया था जिसे ।
दुआओं में मांगी थी जिसकी खैर
कलेजे का टुकड़ा वो माँ को सताये ।।
ऊँगली पकड़ चलना सिखाया
पैरो पर अपने खड़ा होना बताया ।
दुनिया में जिसकी पहचान बनाई
जिगर का टुकड़ा वो पिता को तरसाये ।।
बूढ़ी आँखों में जरा झाँक के देखो
बेटे को तरसती उस चाह को देखो ।
माँ बाप को इतना ना सताओ
कि दिल से उनके आह निकल जाये ।।
माँ बाप की दुआ जो मिलती
जिंदगी उसकी खुशियों से गुजरती ।
माँ बाप कभी देते नहीं बददुआ
पर आह से उनकी पत्थर पिघल जाये ।।

चर्चा ऐ मोदी है

पति है पत्नी है और वो भी है
अब तो हर जगह चर्चा ऐ मोदी है ।
बच्चा बच्चा भी अब जानता है
देश का संरक्षक बस नरेंद्र मोदी है ।।
गद्दार सारे मुँह के बल गिरे हैं
खिसियाते सारे के सारे सिरफिरे हैं ।
चोरों की चोरी जो पकड़ी गई
कब्र अपनी अपने हाथों ही खोदी है ।।
मोदी प्रेमी देख के चोर घबराये
चोर चोर मिल के एक गिरोह बनाये ।
पर हर घर में अब तो चौकीदार है
डर के चोरों ने नींद भी अपनी खो दी है ।।
देश क्या विदेशो में भी छाई
नरेंद्र मोदी के नाम की ही पुरवाई ।
विदेशों में भी अब तो ये नारा है
भारत देश की शान नरेन्द मोदी है ।।
हर देशभक्त की ये पुकार है
गद्दारों से दुखी हर परिवार है ।

अब तो मोदी मोदी मोदी है
दुखियो का सहारा नरेन्द्र मोदी है ।।
सालों बाद अच्छा नेता मिला है
दुखी जनता का चेहरा खिला है ।
इस बार नहीं हर बार बने
प्रधानमंत्री हमारा नरेंद्र मोदी है ।।

शबरी के राम

तुम राम बन आ जाना
हे जगत पिता जगदीश्वर
बस इतना तो कर जाना ।
मै बन जाऊं शबरी और
तुम राम बन आ जाना ।।
दिन रात तुम्हारी प्रभु
मै हर पल बाट निहारु ।
प्रेम भाव से ओत प्रोत
तुम हृदय मेरा कर जाना ।।
राह बुहारु फूल बिछा दूँ
पलकों का आसन मै बिछा दूँ ।
हृदय कमल अर्पित कर दूँ
ऐसा निर्मल हृदय मेरा बनाना ।।
सुध बुद्ध सब मै भुला दूँ
सेवा में तन मन अपना लगा दूँ ।
प्रेम से मिष्टान मै बनाऊं
भाव विभोर बेर समझ खा जाना ।।

भक्ति से रंग जाये मेरा तन मन
ऐसी भक्ति प्रभु मुझमे जगा देना ।
मै बन जाऊं शबरी और
तुम शबरी के राम बन आ जाना ।।

ये ढलती उम्र

ये ढलती उम्र और आप का नजरिया
जाने क्यूँ मुझे बेचैन कर देता है ।
खुश रहती हूँ मै हरदम मस्तमौला
जाने क्यूँ चैन मेरा वो हर लेता है ।।
बचपन छूट गया पीछे मेरा
पर क्यूँ यादें खींचे दामन मेरा ।
गुड्डे गुड़ियों की शादी कराई कभी
जाने क्यूँ आँख मेरी नम कर देता है ।।
सहेलियां कब साथ छोड़ गई
एक-एक कर के सभी जुदा हो गई ।
पत्नी और माँ बन जिम्मेदारी हो गई
मायके जैसा प्यार कोई नहीं देता है ।।
पापा का हाथ पकड़ के चलना
अक्सर मुझें याद बहुत आता है ।
बचपन जवानी छूटी पीछे
उम्र का ये दौर गम बहुत ही देता है ।।
मै चाहती हूँ खिलखिलाना फिर से
पर ज़माने को क्यूँ ये गँवारा नहीं ।

कोशिशें करती हूँ जो उड़ने की
बुढ़ापे का ताना दम मेरा तोड़ देता है ।।
बुढ़ापे में ख्वाहिशें मरा नहीं करती
जीने की उम्मीदें और जाग जाती हैं।।
ना उड़ाओ मेरे बुढ़ापे का मजाक
बूढ़ी आँखों को अश्कों से भर देता है ।।

मै पुलिस वाला हूँ

मै पुलिस वाला हूँ
देश की रक्षा करता हूँ
जान देने से नहीं डरता हूँ ।
मेरा भारत चैन से सो सके
रखवाली मै इसकी करता हूँ ।।
राखी पर बहन मेरी आती है
मेरे इन्तजार में दिन बिताती है ।
देश की बहनें राखी बांध सकें
मै अपनी बहन को सताता हूँ ।।
किसी गुंडे को ज़ब पकड़ता हूँ
जान अपनी हथेली पर रखता हूँ ।
देश की जनता को कष्ट ना हो
मै अपनी ही माँ को रुलाता हूँ ।।
आतंकी हमले का अंदेशा होता है
मेरे जाने से परिवार मेरा रोता है ।
मेरे देश को नुकसान ना पहुंचे
मै परिवार को ढाढ़स बंधाता हूँ ।।
गर्मी की चिलचिलाती धूप हो

उस पर भी तन सुलगाती लू हो ।
लोग चैन से घर में बैठ सकें
मै तन मन अपना झुलसाता हूँ ।।
ठण्ड से ठिठुरती रातों में
भीगी भीगी सी बरसातों में भी ।
मै निरंतर पहरा ही देता हूँ पर
किसी को समझ क्यूँ नहीं आता हूँ ।।

कोख में ना मारो मुझे

कोख में ही ना मारो मुझें माँ
दुनिया में मुझें भी आने दो ।
रंग बिरंगी दुनिया में मुझको
सपनों की दुनिया सजाने दो ।।
क्या हुआ जो मै एक बेटी हूँ
एक संसार मै खुद में समेटी हूँ ।
अपने बाग का फूल ना उखाड़ो
खुशियों की बगिया सजाने दो ।।
कसूर मेरा माँ मुझको बता दो
मेरी उलझन को तुम सुलझा दो ।
बेटी होना है गुनाह अगर तो
एक बार ये गुनाह कर जाने दो ।।
जीव हत्या से तुम घबराती हो
बेटी की हत्या खुद ही कराती हो ।
एक बार दर्द मेरा तुम सुन लो
आंचल में तुम्हारे मुझें मुस्कुराने दो ।।
सदियों से माँ ममता की मूरत है
पर मुझको दिखी ये कैसी सूरत है ।

माँ तेरी ममता की भूखी मै

मुझें गोदी में तुम्हारे आ जाने दो ।।

अन्नदाता

जो अन्न हमको खिलाता है
अन्नदाता हमारा कहलाता है ।
पर बड़े दुख की बात है
अन्नदाता ही भूखा सो जाता है ।।
भरी दोपहरी में गर्मी में
पसीने से बेहाल हल चलाता है ।
कर्जे की लाठी सर पर रख
बच्चों को दो रोटी ना दे पाता है ।।
हमारे बच्चे खा पी के खूब
अच्छी शिक्षा पा कुछ बन जाते हैं ।
पर देखो किस्मत उस गरीब का
बच्चा ठीक से पढ़ नहीं पाता है ।।
ज़ब बच्चों को भूखा देख
किसान का दिल रोने लगता है ।
तब बेचारा हालत से मजबूर
हो कर खुदकुशी वो कर जाता है ।।
हम मजे से खूब खा पी कर
उसके दुख से बेखबर सो जाते है ।

और हमारा पेट भरने वाला
भूखे पेट ही जग से चला जाता है ।।

रिक्शे वाला

जहाँ कहोगे साहब मै वहां
आपको बिठा के पहुंचा दूंगा ।
पैसो में जो तकरार करोगे
परिवार अपना कैसे पालूंगा ।।
सुबह से खड़ा हूँ धूप में
अन्न का दाना नहीं खाया ।
सवारी मिली नहीं मुझको
तुमको देख सुकून मुझें आया ।।
भूखा बैठा है परिवार मेरा
कैसे उनका पेट मै भरूंगा ।।
जो दस बीस रुपया आप
खुशी से ज्यादा मुझको दे दोगे ।
आपका कुछ ना बिगड़ेगा
शाम को पेट बच्चों का भर दूंगा ।।
भूखा हूँ मै बहुत और प्यासा भी
तन में नहीं जान मेरे मै एक अभागा ।
दिन भर मै भूखा प्यासा रहूँगा
बच्चों का पेट भरे दुआएँ तुमको दूंगा ।।

साहब मै तो रिक्शे वाला हूँ
भूखा हूँ गरीब हूँ और बेसहारा हूँ ।
भीख नहीं मांगता फिर भी साहब
मेहनत कर के घर अपना भरूंगा ।।

आतंक मिटा दूंगा?

पापा तुम ना जाओ मुझें छोड़ के
तुम जो गये तो मै भी साथ चलूँगा ।
एक बन्दूक मुझें भी दे दो पापा
देश द्रोही को दुनिया से मिटा दूंगा ।।
मेरे दोस्त के पापा उसको छोड़ गये
छोड़ अकेला उसको वो मुँह मोड़ गये ।
दोस्त रो रहा है छुप के अकेला
देश के दुश्मन को अब ना मै छोड़ूंगा ।।
उसकी माँ सिंदूर अब ना लगाती
हाथों में चूड़ियाँ भी नहीं खनकाती ।
फौजी की मौत का बदला लूंगा
आतंकी के सीने में गोलियां दागूंगा ।।
कब तक फौजी हमारे यूँ ही
आतंकी हमले में ऐसे ही मरते रहेंगे ।
जो देश भक्त हर भारतवासी हो जाये
आतंक का नाम दुनिया से मिटा दूंगा ।।

मासूम बचपन

नन्हे नन्हे कोमल से हाथों से
मजदूरी ऐसे ना कराया करो ।
ये भी किसी बगिया के फूल हैं
तरस इन पर तो खाया करो ।।
खेलने कूदने की उम्र में ही
काम कठिन क्यूँ करवाते हो ।
स्कूल जाने की उम्र में ही
बोझा इनसे ना ढुलवाया करो ।।
कुछ किताबें इनको दिलवाओ
स्कूल में एडमिशन करवाओ ।
पढ़ने में इनकी मदद करो
पत्थर इनसे ना तुड़वाया करो ।।
कुछ खिलोने इनको भी दिलवा दो
बचपन के चेहरे पर मुस्कान ला दो ।
खेलो कभी इनके साथ मिल कर
साथ बैठने में इनके ना शरमाया करो ।।
बच्चे तो रुप भगवान का होते
खुश हो बच्चे तो भगवान खुश होते ।

कभी तो खिलखिलाओ साथ इनके
कभी तो इनके घर तक जाया करो ।।

तलाक

तलाक ले के थे खुश दोनों
अपनी ही खुशियों में मगरूर थे ।
बच्चे भी दोनों अलग हुए थे
बच्चों की खुशी से दोनों ही दूर थे ।।
एक बच्चा माँ की गोद में था
एक बच्चा पिता के पास था ।
एक माँ की ममता को तरसता
तो दूजा पिता के प्यार से दूर था ।।
माँ मुझें पापा के पास जाना है
पापा मुझें माँ के पास जाना है ।
दोनों बच्चे बिलख के रो रहे थे
वो समय भी हुआ कितना क्रूर था ।।
ऐसे जीवन साथी से छुटकारा मिला
दोस्तों से अपनी खुशी बाँट रहे थे ।
पर बच्चे अकेले बैठे दोनों
एक दूसरे से खेलने से मजबूर थे ।।
पति पत्नी में क्यूँ तलाक होता है
झगड़ा किस घर में नहीं होता है ।

क्यूँ दोनों ने समझा नहीं बच्चों को
क्यूँ दिल माँ बाप का बना कठोर था ।।

कृष्ण राधा

कृष्ण राधा की जोड़ी अनोखी
कृष्ण बुलाओ तो राधा है होती ।
राधा का जो नाम पुकारो तो
कृष्ण की सूरत ही सामने होती ।।
दोनों का है प्रेम गजब का
दोनों ही प्रेम की मिसाल बने है ।
कृष्ण अधूरे राधा बिना तो
कृष्ण बिना क्या राधा होती ।।
बांसुरी ज़ब भी कृष्ण बजाते
राधा के हृदय को वो लुभाते ।
बांसुरी सुन खुद को रोक सके ना
पल में कृष्ण के पास वो होती ।।
प्रेम हो तो राधा कृष्णा सा होये
एक दूजे के हृदय में सदा खोये ।
राधा को देखो कृष्ण नजर आये
कृष्ण को देखो तो राधा है होती ।।

साथ रहना तू सदा

पिया मेरे साथ रहना तुम सदा
जीवन पथ पर ना छोड़ना अकेला ।
बांहों में अपने रखना मुझें सदा
चाहे कितना हो जिंदगी का झमेला ।।
कभी जो रूठ जाऊँ सनम तुमसे
प्यार से तुम मुझको मना लेना ।
जिन्दगी का कोई भरोसा नहीं
कब टूट जाये मेरी साँसो का मेला ।।
सात फेरों का बंधन है ये पिया
सात जन्मों का रिश्ता तुमसे किया ।
तुमसे बंधी है ज़िन्दगानी मेरी
तुमसे पिया है रिश्ता अलबेला ।।
कभी जो पड़ जाये मुश्किल कोई
छुड़ाना ना अपना दामन मुझसे कभी ।
बंधन ना टूटे कभी प्यार का
सुख दुख तो है जिंदगी का खेला ।।
मेरी जिंदगी की बहार है तुमसे
मेरी खुशियों की हर राह है तुमसे ।

मौत भी आये तुम से पहले मुझें
तुम देखना मेरे ज़नाज़े का मेला ।।

ये वक्त है साहब

ये वक्त नहीं रुकता कभी
हर वक्त बस गुजरता रहता है ।
सोच समझ के बात करना
वक्त हर वक्त पलटता रहता है ।।
दिल ना दुखाओ किसी काभी
गर आज वक्त तुम्हारा है तो ।
कल किसी और का होगा
ये वक्त है हिसाब बराबर रखता है ।।
जो दिया करते हैं हम दूसरों को
वही बढ़के हमको मिला करता है ।
गम दो खुशी दो मर्जी तुम्हारी
वक्त किसी के आगे नहीं झुकता है ।।
मज़ाक ना बना ना किसी लाचार की
आह उसकी बर्बाद तुम्हें कर डालेगी ।
हमेशा दया भाव रख ना सदा
ये वक्त है कभी भी बदल सकता है ।।
गर परेशान हो अपने दर्द से तुम
हिम्मत ना हारना ना घबराना तुम ।

समय कभी एक सा नहीं रहता
कभी भी रंक राजा बन सकता है ।।

पानी बचाओ

बिन पानी संभव नहीं जीना
पानी को ना ऐसे बर्बाद करो।
पानी की कमी है होने वाली
सोच समझ हर काम करो।।
आसानी से जो पानी मिलता
कदर ना उसकी कोई करता।
बून्द बून्द को तरसता कोई
कुछ उन लोगों का ख्याल करो।।

बिन बात जो पानी बहाओगे
भावी पीढ़ी को क्या पिलाओगे।
देख सकोगे क्या प्यासा उनको
अपनी पीढ़ी को ना बर्बाद करो।।
पानी जो ना उनको मिलेगा
जीवनयापन अपना कैसे करेगा।
बिन पानी जी वितना बेचेगा
पानी बर्बादी का कुछ मलाल करो।।

www.ingramcontent.com/pod-product-compliance
Ingram Content Group UK Ltd.
Pitfield, Milton Keynes, MK11 3LW, UK
UKHW021311160826
14477UKWH00023B/370

9 788194 093879